27

23226

DIALOGUE

ENTRE

GROS-JEAN

CAPORAL A 3 CHEVRONS

REVENANT DU MEXIQUE AVEC SA MÉDAILLE

ET

GUT-GUSSE

Dialogue véridique puisque moi-même je l'ai sténographié

MARSEILLE

IMPRIMERIE DE JOSEPH CLAPPIER

Rue Saint-Ferréol, 27

—

1865

DIALOGUE

ENTRE

GROS-JEAN

ET

GUT-GUSSE

— Tiens ! bonjour Gut-Gusse , tu n'es pas encore mort ?

— Je vous remercie, Cap'ral ! vous êtes bien bon , et vous même ?

— Pas mal , mon cher , mais je me suis déjà purgé

— Comment purgé ! vous ête donc malade, Cap'ral ?

— Mais oui , Gut-Gusse ; suppose que je me suis cogné un doigt avant-hier en faisant la manœuvre !

— Et bien! mais la purge ?

— Et ben , m'ayant conséquemment écorné la première phalange digitale du médius du pied gauche, j'ai été voir, sans l'autorisation du sergent , le médecin Stivali, qui m'a incessamment ordonné cinquante sangsues , trois médecines et quinze lavements.

— Mais c'est donc une seringue vivante que votre médecin Stivali ?

— Ma fois , il en aurait bien l'air s'il ne ressemblait plutôt à une vessie rebondie !

— Alors je parie , Cap'ral , qu'on le pren d pour une lanterne dans le pays ?

— Oui , mais pour une lanterne dépourvue de lumière , attendu que lui-même il ne se reconnaît plus au-delà du bout de sont nez ; du reste, c'est un médecin qui commence à être fort connu depuis sa fameuse dissertation en *ique* à propos des oursins de Naples.

— Sa dissertation en *ique* à propos des oursins de Naples ?

— Mais qu'est-ce que vous me chantez donc là ? Est-ce qn'il y aurait un rapport entre les *iques* et les oursins comme entre les lavements et les médius de votre phalange ?

— Je n'en sais rien, mon cher car je ne connais point la médecine ; mais Stivali, qui est très-fort là-dessus, pretend que oui ; et ça doit être comme ça, puisque c'est à cause de son raisonnement en *ique* qu'on ne l'apelle plus de son nom véritable Stivali, mais Savellique, nom composé de deux langues : Savelle, qui veut dire en Cochinchinois savetier et du mot *ique* qui signifie en langues Grecques *z* et Orientales *ique*. Tu comprends Gut-Gusse qn'il faut bien qu'il l'ait mérité, car les hommes, qui sommes très jaloux les uns des autres, n'accordons jamais de louanges à nos semblables pour des prunes.

— Mais ah ça ! je ne savais rien de tout ça, Cap'ral. Racontez-moi donc un peu c'tte histoire en *ique* que tout le monde connaît, excepté moi ?

— Eh ben, il y avait un jeune homme dans la ville qui aimait beaucoup les oursins, à ce qu'il paraît ; comme il avait voyagé dans différents pays, et qu'il avait toujonrs conservé son goût pour ces coquillages, il en éventrait des centaines partout où il pouvait en trouver. Il advint une fois qu'il mengea un de ces oursins provenant de Naples et qui sont presque toujours malades.

— Et il atrappa la maladie du coquillage ?

— Oui, la maladie de Naples, ce qui lui

couta beaucoup d'argent et de mauvais sang, car non seulement il en mourut, mais même il n'en guérit jamais.

— Mais Cap'ral, il me semble que vous devriez dire au contraire que non seulement il n'en guérit, mais même qu'il n'en mourut point.

— Allons, donc bêta! tu me la fais à la M. Lapalisse maintenant avec tes corrections!

— Et bien ça prouve que si vous êtes une oie moi aussi, Cap'ral.

— Donc si c'est comme ça ne m'interromps plus, car je continue : Pour lors, le jeune homme était malade.

— Tiens! Je croyais qu'il était mort déjà!

— Mais non, puisque Savellique n'a pas encore été le visiter!

— Dites donc elle est bonne celle-là Cap'ral! Savez-vous que si votre Savellique vous entendait il ne serait points flatté! hein?

— Je m'en bats l'œil! *Mais hony soit qui mal y pense*, disent les Saintes Écritures, car je ne voulais parler que du commencement de la maladie de notre jeune oursiné. Je disais donc qu'il se trouvait au lit quand on envoya chercher le médecin de la ville, un médecin pour du bon, celui-là, un vrai docteur, quoi!

ayant titre et diplôme ; malheureusement celui-là allait partir pour des affaires pressantes et ne pouvait point s'arrêter. Il vint pourtant voir le malade ; mais aussitôt qu'il l'examina il en augura mal, car le jeune homme avait la *Cachexis*, comme mon lieutenant qui se déssécha dans la peau comme un raisin sec.

— Pardon Cap'ral !..... Je sa's bien Gut-Gusse, cachexis, veut dire en termes techniques, et que cela te serve pour ton intelligence, cachexis veut dire qu'il était déjà *cacheté ;* ou mieux, puisque tu ne comprends pas le langage de la science, que sa marchandise était déjà à point d'être expédiée ; y es tu, maintenant ?

— Oui.

— Eh bien pour lors le docteur lui administra quelques bribes de conseils, cataplasme, que tout médecin ordonne, lors même qu'il verrait son homme se sauvant à quatre pattes pour l'autre monde, et un gargarisme pour se rincer la bouche et ne point l'avaler, car le diable d'oursin lui avait déchiré le gosier, au point que le malade ne pouvait plus respirer.

— Mais dites-donc, Cap'ral !

— Quoi donc encore ?

— Il me vient une idée !

— A toi ? Ça m'étonne ! Enfin débogoule là.

— Comment est-ce que vous avez dit à propos du remède?

— Un gargarisme qu'il devait prendre et point avaler?

— Et bien, c'est précisément ce gangarisme qu'il défendait de prendre qui m'intrigue !

— D'abord il t'es défendu de t'intriguer au sujet de choses que tu ne comprends pas, car c'est justement la manie de Savellique ; sache seulement ceci, qu'un gargarisme ressemble en cela à l'Eternel, et c'est que ça s'avale et ne s'avale pas.

— Mais alors le docteur ne lui a point arrangé ça à l'eau-de-vie?

— Evidément, triple bête, car autrement le malade l'aurait avalé !

— Pardine, Cap'ral, moi je crois que je l'aurait fait !

— Eh bien, pour lors du départ du docteur, on appella Stivalique, qui est un médecin pour rire, car il n'a pas de diplôme, attendu qu'on n'a jamais voulu de lui dans aucune faculté à cause de son amitié bour les citrates.

— Dites donc, Cap'ral, qu'est ce que c'est que ça, que les Citrates ?

— Mais imbécile ça ne se demande pas ; sache que les Citrates, d'après Savellique, étaient les ennemis des Sulfates, deux peuples de l'Amérique qui se disputaient la propriété de la Quinine ; c'est ni plus ni moins que la querelle des Armagnacs et des Bourguignons.

— Ah j'y suis maintenant, c'est cette querelle qui nous procura l'honneur d'avoir le grand Empereur, et le bonheur de voir déguerpir Louis-Philippe.

— Tu raisonnes très bien, et comme Savellique ne connaissait pas trop bien les droits des Citrates et des Sulfates, il se rangea sous le drapeau des premiers, seulement par espri d'imitation, de sorte que les facultés de tous les parties voyant sa nullité dans une affaire aussi capitale, lui ont constamment refusé son diplôme.

— Oui, mais continuez votre histoire du malade.

— Ah bien ! il entra donc dans la chambre, s'écriant aussitôt *une gastrite ! une gastrite indique !* et là-dessus, comme c'est son habitude, de se commander d'abord une petit verre pour lui, et trois lavements d'huile de ricin pour le malade, car il fallait, disait-il, arrêter les effets méphitiques des figues d'Inde.

— Mais Cap'ral ! deux questions seulement!

— Fais vite.

— Il ne savait donc pas que c'était un oursin

— Mais non mon cher, mais non, comment veux-tu qu'il le sache, puisqu'il ne sais pas même où il porte son nez ?

— Eh bien, l'autre question, c'est de m'expliquer ce que c'est qu'une gastrite ?

— Eh bien quoi ! une gastrite signifie une *cuite* de *lupini,* de châtaigner et de figues d'Inde ; or comme Savelliques s'en donne à plein cœur tous les jours, il résulte qu'il a continuellement la gastrite ; et ce qui est encore plus drôle c'est qu'elle est devenue contagieuse, car tous ses malades à lui en sont atteints ; aussi ne sort-il jamais de ses lavements, de ses purges d'huile de ricin : le tout assaisonné de quelques théories sur les citrates.

— Eh ben ! c'est pas malin alors ! dites donc un peu, Cap'ral, si nous nous mettions médecins ! nous pourrions encore parler des almanachs et des vignobles de la Bourgogne, arrosés d'huile de ricin et étayés avec des seringues ? Hein ! qu'elle farce ; et puis après vous faire payer en *bons blanquets de poche* avec force petits verres !

— Tu t'exposerais, Gut-Gusse, à recevoir dans ta conscience les subséquences de tes ordonnances ; ce qui arrivera probablement à

M. Savellique le jour qu'on découvrira les ficelles de ses lavements.

— Mais Cap'ral, qu'est-ce qui arriva donc au malade?

— Et ben, il mourut le soir même comme l'avait compris la veille le premier médecin.

— De sorte que notre homme se trouva aussi pénaud que ce renard de l'histoire qui fut, dit-on, attrappé par une poule !

— Précisement, mais comme le bougre a du toupet, il s'en prit immédiatement au flacon de gargarisme, car le pharmacien, qui est un vieux farceur, voulant s'amuser un peu à ses dépens, lui dit que les drogues qui compcsaient le gargarisme étaient empoisonnées. C'est alors qu'il empoigna son raisonnement en *ique, Mousiouri* et *Signori,* s'écria-t-il d'un ton magistral et élevant le flacon dans l'air.

— Pardon Cap'ral ! et excuses de vous interrompre ; qu'est-ce que ça que *Mousiouri?*

— Mais espèce de stupide ! ça veut dire en Anglais, messieurs et dames, car chez le maréchal-ferrant, où il a pris ses premières notions de médecine, il n'a pu jamais apprendre le français.

— C'est que je tiens à m'instruire dans la bonne compagnie, Cap'ral ; continuez donc, et excuses.

— Alors écoute et ne m'interromps plus. *Mousiouri* et *signori*, beugla-t-il, dans uue *gastrite véridique*, provenant d'une indigestion de figues Indiques, (cas qui n'est point problématique dans une nature rachitique et clorotique), il arrive qu'un poison *bichot-mercure-acide-en-ique*, agissant d'une manière soporifico-toxique, a fait répandre les sucs pancréatiques au-dessous du nœud de l'ombilic; son action delétère et méphitique, en provoquant les inflammations thoraciques, lui a donné cet aspect Harpocratique, signe évident d'un corps cadavérique; car un homme qui marche debout n'est point paralytique, et qu'un quart d'heure après la mort on ne prend plus sa chique, et que diable! s'il tombe de l'eau il ne pleut pas de briques!

— Dites-donc, Cap'ral, en voilà une *scie* en *ique*!

— En effet, et il faudrait une bonne friction de *trique* pour couper la blague à cet *âne de Savellique*.

— Nonobstant, Cap'ral, il a dû être superbe dant ce moment-là?

— En effet, il était splendide; il gesticulait comme un endiablé, se gonflait, se dégonflait, toussait, crachait, regardait à droite et à gauche,

derrière et devant lui pour consulter les figures
des spectateurs et recueillir par-ci par-là les
sourires qu'il croyait approbateurs ; enfin en-
hardi par ces preuves d'assentiment, il parla de
ses Cédrats, cita Netaton, Delacroix, le cardinal
Antonelli, Garibaldi, qu'il a soigneusement lus ;
passa en revue un tremblement de médecins
qui ont écrit sur la culture des figues d'Inde
et sur leur arrosage aux lavements. Malheureusement il s'entortillât et ayant brouillé les ficelles de ses idées, il finit par demander un petit
verre tout en conseillant aux assistant de bien
se clysthériser avant d'aller à l'église afin,
disait-il, d'avoir la conscience plus dégagée. Le
maître de la maison, impatienté, le prit par les
épaules et lui pria poliment de *foutre le camp,*
ce qu'il ne se fit pas répéter deux fois.

— Mais Cap'ral, son discours a dû le poser
grandement parmi ceux qui ont toujours l'air
de comprendre quand ils ne comprennent rien
du tout !

— Mais non, personne n'a été dupe de ses
balivernes ; on le connaît déjà dans le pays ; on
sait bien qu'il est plus habile à atrapper les
puces qu'à arracher une dent, seulement
comme il n'est pas bête pour ses affaires, il a
imaginé une petite farce qui est tout simple-
ment nne canaillerie.

— Ah ! et qu'est-ce que c'est ?

— Rien moins que de suggérer dans l'esprit de ceux qui veulent l'entendre qu'il faut se méfier de l'autre médecin, car il emploie du poison dans ses médicaments.

— Mais dans quel but peut-il dire cela ?

—Mais dans le but de discréditer l'autre; et tu comprends, plus l'autre perdra de sa réputation, plus il gagnera de considération dans l'esprit des habitants de la ville.

— En effet, c'est une méchanceté pas trop honnête ni trop chrétienne, et qu'il faudrait punir.

— Bah ! Il commence à être puni déjà : quand il passe, tout le monde, même les gamins dans la rue, se met à rire en disant, voilà Savellique qui va probablement à la recherche de son déjeuner de figues Indiques. Ça commence tellement à l'embêter qu'il entre en fureur rien qu'à voir un figuier d'Inde ; un gamin racontait l'autre jour qu'il l'avait vu assomer à coups de pierres tous les figuiers qui se trouvent dans la route de son village.

— Ah l'ingrat !! décidément, Cap'ral, je n'aime pas ce Stivalique qui jugera le lecteur scientifique !

— Et bien, Gut-Gusse, sauve-toi, car le

voilà qui arrive de ce côté et il va te proposer
un lavement pour un peut de lupini.

— Ah ouich! il ne me manquerait que ça!
adieu Cap'ral!

— Bon soir Gut-Gusse!

www.ingramcontent.com/pod-product-compliance
Lightning Source LLC
LaVergne TN
LVHW050430060726
842526LV00007B/2504